DISCOURS
PRONONCEZ
DANS L'ACADÉMIE
FRANÇOISE

Le Jeudi deuxiefme de Decembre MDCCXXIII.

A LA RECEPTION

DE MONSIEUR ADAM, SECRETAIRE
des Commandemens de S. A. S. Monfeigneur
le Prince de CONTY.

A PARIS,

De l'Imprimerie de JEAN-BAPTISTE COIGNARD, fils,
Imprimeur ordinaire du Roy, & de l'Academie Françoife.

MDCCXXIII.

AVEC PRIVILEGE DE SA MAJESTE.

MONSIEUR ADAM ayant esté élu
par Messieurs de l'Académie Françoise, à la
place de feu Monsieur l'Abbé Fleury, Confesseur
du Roy, y vint prendre séance le Jeudi deuxiesme
Decembre 1723, & prononça le Discours qui suit.

MESIEURS,

Depuis que vous m'avez honoré de vos suf-
frages, il ne m'est plus permis d'examiner, si je
suis digne de la place que vous me donnez parmi
vous: Je dois écarter un doute qui troubleroit
ma joye, & qui paroistroit attaquer, ou vos
lumieres, ou vostre justice : Je dois faire tous

A ij

mes efforts pour juftifier aux yeux du Public un
jugement qui m'eft fi glorieux , & s'il manque
quelque chofe au merite , je dois y fuppléer
par la vivacité de ma reconnoiffance.

Que ne puis-je la peindre à vos yeux ? Vous
verriez que de ce cofté-là je n'ay pas befoin d'in-
dulgence, mais fi je manque d'expreffions affez
fortes pour le faire, je me flate que vous voudrez
bien en juger par l'idée que j'ai de votre bienfait.

Vous m'affociez, MESSIEURS, à un grand nombre d'hommes admirables, qui depuis près d'un
fiécle ont travaillé avec un fuccez eftonnant à
l'avancement des Lettres , & à la gloire de leur
Patrie.

Les uns par des traductions comparables aux
Originaux ont enrichi leurs Citoyens de ce que
l'antiquité nous a laiffé de plus precieux ; les autres ont fait eux mefmes des ouvrages fi ache-
vez , que s'ils n'ont pas furpaffé les anciens ,
ils ont au moins rendu la palme douteufe , &
tous ont porté noftre Langue à un fi haut de-
gré de perfection, que les Mufes femblent l'a-
voir adoptée, & l'avoir jugée feule digne d'eftre
l'interprete & la maiftreffe des Sciences :
Tous fe font oppofés au torrent du mauvais
gouft qui inondoit le Royaume, & qui infec-
ta long tems les efprits , ou par les faux brillants
d'un Style ampoulé , ou par les baffes plai-
fanteriés du burlefque, & fi nous fommes re-

venus au goust de la faine raifon, fi nous con-
noiffons qu'en tout Style; la perfection confifte
a bien imiter la nature, ce font ces Grands
Maiftres qui nous l'ont appris.

Vous n'avez point degeneré, Messieurs, cet
illuftre corps fouftient avec dignité, la haute reputation qu'il a heritée de fes Anceftres: J'y vois
mefmes eftudes, mefme efprit, mefme fuperio-
rité de talens, & vous eftes comme eux les
nobles rivaux de l'Antiquité, & les modeles de
noftre Siecle.

Sur cette idée que j'ay tousjours euë de l'Academie, jugez, Messieurs, avec quels fentimens
de reconnoiffance & de joye, j'y viens aujour-
d'huy prendre place; mais j'en dois rendre hom-
mage au grand Prince qui honore ma reception
de fa prefence : je dois l'honneur que vous me
faites à l'attachement que les Mufes ont pour
luy, digne prix de l'amour qu'il a tousjours mar-
qué pour elles. Les cœurs de tous leurs Nour-
riffons fenfibles à l'accueil gracieux qu'il leur
fait en tout temps, volent à leur tour audevant
de luy, & s'empreffent de prevenir fes defirs.

Que J'ay de plaifir à voir cet heureux con-
cert! Je ne fçais fi je puis affez préfumer de mon
foible travail pour me flater qu'il y ait contribué
quelque chofe, mais au moins puis je affurer
que je ne m'en promettois pas une fi brillante
recompenfe.

C'eſt ce prince tousjours bienfaiſant qui m'a inſpiré de porter mes vœux au dela des bornes que ma raiſon leur avoit preſcrites ; c'eſt luy qui s'eſt rendu mon garant auprés de Vous ; ceſt luy enfin, qui pour faire honneur aux ſoins que j'ay pris de ſon enfance a bien voulu leur attribuer des talens qu'il ne tient que de ſon heureux naturel ; cette inclination qu'il a pour les Lettres, ce gouſt délicat, ce jugement ſolide, les vertus meſme de ſon cœur ; cet attachement à nos Loix, ce zele pour ſon Prince, & cet amour invariable de la juſtice & du bien public.

Que ne dois-je pas à ce teſmoignage ſi reſpectable ? C'eſt le titre unique qui me comble aujourd'huy de gloire en me faiſant Succeſſeur de M. l'Abbé Fleury.

A ce nom, voſtre douleur ſe reveille. Qu'elle eſt juſte ! Que voſtre perte eſt grande ! Que de tels Citoyens ſont rares, & quand il plaiſt à Dieu de couronner leurs travaux, qu'il eſt difficile de les remplacer dignement !

Où trouver en effet tant de qualitez eſtimables réünies dans un ſeul homme ! Un eſprit excellent cultivé par un travail infini, une ſcience profonde, un cœur plein de droiture, des mœurs innocentes, une vie ſimple, laborieuſe, édifiante, une modeſtie ſincere, un deſintereſſement admirable, une regularité qui ne s'eſt jamais démentie, une fidelité parfaite à tous ſes devoirs , en un mot l'aſſemblage de tous les talens & de toutes les vertus qui font le ſçavant, l'honneſte homme , le Chreſtien.

Quelles richeſſes pour luy ! Et nous pouvons dire pour les autres : car il n'amaſſoit que pour reſpandre, il n'eſtudioit que pour inſtruire , & ce ne fut pas un de ſes moindres talens. Quels éleves il a faits? Deux Princes de Conty vrais Heros ; ce Roy , qui fait les délices de l'Eſpagne ; ce Dauphin ſi vertueux, ſi éclairé que le Ciel ne fit que monſtrer à la France. Combien a-t'il encore formez d'excellens ouvriers pour la moiſſon du Seigneur dans ces conferences qu'il fit pendant tant d'années ſur les Livres de l'Eſcriture ? Combien de brebis égarées de la maiſon d'Iſraël a-t'il ramenées au bercail de l'Egliſe dans ces miſſions où il fut envoyé par le feu Roy ? il convainquoit les uns par la force de ſes raiſons , il attiroit les autres par l'éclat de ſes vertus, & tous eſtoient gagnez par une condeſcendance meſurée qui n'impoſe de joug, que celuy qu'il eſt neceſſaire de porter.

Qu'un homme de ce merite ait eſté ſi ſouvent choiſi pour élever des Princes , & des Rois, que dans une conjonâure delicate il ait eſté nommé avec un applaudiſſement general pour Confeſſeur de noſtre jeune Roy , perſonne n'en peut eſtre ſurpris ; mais ce qui doit paroiſtre incroyable à tout le monde, c'eſt

qu'au milieu de tant d'emplois, dont il s'eſt ſi
dignement acquité, & dont une partie ſuffiroit
pour remplir toute la vie d'un homme, il ait
pû trouver du loiſir pour compoſer ce grand
nombre d'ouvrages excellens qu'il nous a donnés, & ſur tout ce corps immenſe de ſon Hiſ-
toire Eccleſiaſtique qu'il a preſque conduit juſqu'à nous. Quelle lecture prodigieuſe ! Quel
choix ! Quelle netteté ! Quelle fidelité ! Quelle
Critique ſage & ſçavante ſur les changemens
arrivez dans la Diſcipline ! Que ne luy devons
nous pas pour ce riche Tréſor, qu'il a ramaſſé
avec tant de peine, & dont il nous a rendu la
poſſeſſion ſi facile ? Cet ouvrage durera autant
que l'Egliſe, & il ſera à jamais glorieux à l'A-
cademie qu'il ait eſté compoſé par l'un de ſes
membres.

Je puis donc compter ce ſçavant Eſcrivain entre ceux qui ont le plus contribué à voſtre gloire
je puis adjouſter meſme que jamais Académicien
n'en fut plus jaloux : Je vous en prend à teſmoin,
MESSIEURS vous avez vû de vos yeux avec quelle
aſſiduité il ſe trouvoit à vos aſſemblées, avec quelle ardeur il entroit dans vos travaux, avec quelle
attention il travailloit à vous donner des ſujets
qui fuſſent dignes de vous, & capables de remplir
les grandes vûës du Cardinal de Richelieu voſtre
Fondateur.

Je

Je ne parle icy que des vûës qu'eut ce grand homme de rendre la France auſſi floriſſante par les Lettres qu'il l'avoit renduë redoutable par les armes. La Maiſon d'Auſtriche abaiſſée, l'équilibre remis dans l'Europe, LOUIS LE JUSTE tousjours triomphant, & regardé par les Princes Voiſins comme le rempart de la liberté publique, les factions du Royaume eſtouffées, l'Ocean enchaiſné par cette fameuſe digue, la Rochelle priſe, l'hereſie deſarmée, tous ces grands ſuccez dûs aux reſſort de la politique de ce Miniſtre, auſſi bien qu'à la grandeur de ſon courage avoient porté à un haut point la gloire de la France & la ſienne.

Mais nos muſes languiſſoient, & ſans leur ſecours la memoire des plus beaux Exploits s'évanoüit bientoſt. Combien noſtre patrie a t'elle enfanté de Guerriers qui valoient mieux que les Achilles & les Uliſſes, & dont les noms cependant ſont demeurés dans l'oubli, faute d'avoir eu des Homeres ? Voſtre illuſtre Fondateur en connut le beſoin, & l'on peut dire qu'il y a pourvû pour tous les ſiecles à venir. L'Académie, qui luy doit ſa naiſſance ne manquera jamais d'Eſcrivains celebres qui ſçauront immortaliſer nos Heros, & l'on peut préſumer meſme, que ce génie ſi grand, ſi élevé, ſi magnifique en toutes choſes eût affranchi les favoris des muſes de tout autre ſoin que de celuy de polir leurs ouvrages,

B

fi le faix de toutes les affaires du Royaume, ou
pluftoft de l'Europe entiere ne luy euft caufé une
mort prematurée.

Quelle perte pour la France & pour vous!
L'Académie alloit perir au berceau, fi le plus
illuftré de fes Membres ne fuft devenu fon Chef.
Ce grand Chancelier Seguier, le plus fçavant
& le plus éclairé de tous ceux qui euffent porté ce titre jufqu'alors, effuya les larmes de l'A-
cadémie; il la reçut en fa maifon, vray Temple
de la Juftice & des Mufes. Sa fameufe Bibliothe-
que fut le lieu de vos affemblées; il s'y trouvoit
parmi vous, non comme Protecteur, mais
comme ami; il venoit s'y délaffer de fes grandes
occupations par les agrémens de vos exercices
Académiques, il en fit tousjours fes delices. Cet
homme fi fage ne laiffa pas d'eftre enveloppé
dans les troubles, qui agiterent le Royaume pendant la minorité du feu Roy; dans ce temps
d'orage il perdit deux fois les Sceaux; mais il
ne perdit jamais ni fa tranquillité, ni fa tendreffe
pour vous. On luy rendit mefme dans le calme
qui fucceda toute la juftice qui luy eftoit deue;
les Sceaux luy furent donnez pour la troifiéme
fois, & il en fit les fonctions jufques à fa mort
avec une grande reputation.

C'eft ici, MESSIEURS, que commencent les plus
beaux jours de l'Académie; fes larmes couloient
pour la perte de fon Chef, lorfque LOUIS LE

GRAND jetta fur Elle un regard favorable : il jugea qu'une Compagnie, qui faifoit tant d'honneur à la France, ne devoit point avoir d'autre Protecteur que celuy qui en eft le Souverain :
il vous reçut dans ce Palais Augufte, où l'A-
pollon François, dont la demeure avoit efté
flottante jufqu'alors, femble pouvoir à l'abri des
lys, fe promettre une ftabilité éternelle.

La Loy que voftre reconnoiffance a dictée,
& le penchant de mon cœur exigent de moy
quelques traits des vertus de ce grand Prince.
Que n'en puis-je donner un Tableau digne de
l'Original ; mais pour peindre Alexandre, il faut
eftre Apelle, je connois trop la mefure de mes
forces, pour me charger d'un poids qu'elles ne
pourroient fouftenir, & les bornes mefmes de ce
difcours me laiffent à peine le temps de faire
icy l'abregé des merveilles d'un fi beau Regne.

On peut dire que LOUIS LE GRAND raffembla
dans fa perfonne toutes les vertus, qui ont di-
ftingué fes Predeceffeurs : Quel Roy fit jamais
tant de Conqueftes ? Quelle Region de l'Univers
n'a pas efté tefmoin de fes Trophées ? Combien de
Places prifes qui paffoient pour imprenables ?
Combien de Batailles gagnées, & fur terre &
fur mer contre toute l'Europe conjurée : & qui
doute qu'il n'ait peu luy impofer des fers, fi fa
Religion ne l'en avoit empefché ?

Que pouvoit-il trouver de difficile avec des

armées invincibles, des Generaux comparables
aux Césars ; des Finances inépuisables & la fortune la plus constante que l'on ait jamais vûë ?
Mais il sçavoit que la Victoire la plus noble, est
celle de se vaincre soi-mesme ; qu'un Roy très-
Chrestien est bien different d'un Ninus ou d'un
Alexandre : il n'oublia jamais ce qu'exigeoit de
luy ce titre si glorieux ; il s'efforça de le justifier
par toute la suite de sa vie : Delà, ces secours
triomphants donnés à ses ennemis mesmes contre
les ennemis du nom Chrestien ; delà, ces missions
envoyées jusqu'aux extremitez de l'ancien & du
nouveau monde, pour y planter la Foy de J. C.
delà, cette application infatigable à detruire en
France l'heresie qui y avoit tant fait de ravages;
delà enfin, ces Loix severes contre le düel, l'im-
pieté, & la profanation de nos Temples.

Ce grand Prince ne fut pas seulement le Protecteur des Autels, il le fut aussi des Sciences &
des Arts. Sous quel Regne les a t'on vûs plus
florissans ? Nostre Theatre le cede-t'il à celuy
des Grecs, & les Romains pourroient-ils se com-
parer à nous sur ce point ? N'avons-nous pas nos
Phidias & nos Lysippes, qui sçavent encore
animer le marbre & le bronze ? C'est à la ma-
gnifiçence de LOUIS, c'est à la splendeur de
son Regne que sont deus tous ces prodiges.

Une chose manquoit à sa gloire : sa valeur & sa
Religion estoient connuës dans tout l'Univers,

ſa moderation meſme avoit éclatté dans une lon-
güe ſuite de ſuccez heureux : Mais noüs igno-
rïons ce qu'il feroit dans l'adverſité, Dieu qui
préparoit en luy un exemple de toutes les vertus
pour les Rois ſes Succeſſeurs le frappa dans tout
ce qu'il avoit de plus cher ; il vit cette Famille
Royale ſi nombreuſe & ſi digne de ſon amour
preſque anéantie, ſes Armées défaites, les Fron-
tieres de ſes Eſtats ouvertes de toutes parts, ſes
Alliez, ou dépoüillez, ou infideles ; ſes Ennemis
victorieux & irréconciliables. Il ſouſtint tous
ces revers avec une conſtance héroïque, il s'hu-
milia devant le Roy des Rois, il mit tout ſon
appuy dans le bras meſme qui le frappoit. Dieu
exauça ſes prieres & les noſtres, un nouveau
Scipion chaſſa les Ennemis de nos Terres, tranſ-
porta la Guerre dans leur païs, & les contrai-
gnit enfin de nous donner la paix, en les redui-
ſant à l'impuiſſance de nous faire la Guerre.

LOUIS joüit peu du fruit de ſes dernieres
Victoires, une maladie perilleuſe luy annonça
bientoſt que ſa mort eſtoit proche. Ce terrible
moment, qui égale les Rois aux autres hommes,
n'ébranla point ſa fermeté ; perſuadé du néant
des Grandeurs qui diſparoiſſoient devant luy ;
il ne ſongea qu'à purifier ſon cœur de toutes les
affections de cette terre d'exil, pour ſe rendre
digne d'eſtre receu dans la Jeruſalem celeſte.
Qu'il fut Grand dans ce dernier combat ! Quels

exemples de Foy, de ferveur, de refignation:
il fit paroiftre aux yeux de fa Cour. Quels Con-
feils admirables il donna au jeune Prince fon
Succeffeur !

Noble rejetton de la plus noble tige qu'il y
ait au monde ; refte précieux de tant de Princes
qui ont fait, ou noftre bonheur, ou noftre ef-
perance ; aimable lien de la paix, qui regne aujourd'huy fur la terre, LOUIS, n'oubliez
jamais ce difcours fi touchant de ce grand Roy,
voftre Bifayeul. Tout en vous nous annonce
un Regne heureux, cette fageffe que l'on voit
déja briller au travers des nüages de l'enfance,
cette douce Majefté qui prévient les cœurs, cette
inclination bienfaifante qui les attache, le Sang
dont vous fortez, les vertus du Heros que vous
vous propofez pour modele, les leçons des
grands Maiftres qu'il vous donna, l'exemple
de l'augufte Prince qui a tenu pendant voftre
Minorité les refnes de cet Eftat. La France luy
doit la paix, dont elle a joüi depuis que vous
regnez : il eft l'ame des refforts qui la maintien-
nent, il femble qu'il ait enchaîné par la fupe-
riorité de fon genie l'humeur guerriere de l'Europe ; il fait fleurir les Arts, il eft le Protecteur
des Mufes.

Preferez, jeune Monarque, preferez comme
luy la douceur de l'Olive à l'éclat des Lauriers:
Souvenez-vous qu'un Roy eft le pere de fon

peuple ; que la plus glorieuse conqueste qu'il puisse faire, est celle de leurs cœurs. Songez que les Rois ont audessus d'eux un Roy terrible, à qui rien ne peut resister. Adressez-vous à luy, jeune Salomon, demandez-luy un cœur docile à sa Loy, un esprit plein de sa Sagesse pour gouverner justement ce peuple innombrable qu'il vous a soufmis : Aimez-le, ce peuple fidele toujours prest à prodiguer ses biens & son sang pour ses Rois. Bannissez loin de vous le mensonge & la flatterie : Que la justice & la verité soient les appuis de vostre Trosne ; que les Sciences & les Arts en soient l'ornement. Puissiez-vous faire long-temps le bonheur & les delices de la France. Puissiez-vous surpasser en gloire tous les Rois qui vous ont precedé : & pour finir par le plus magnifique de tous les vœux, puissiez-vous porter dignement & pendant le cours d'une longue vie, le titre de Roy tres-Chrestien.

APRE'S QUE MONSIEUR A D A M *eût achevé son Discours, Monsieur* l'*Abbé* D E R O Q U E T T E, *respondit.*

ONSIEUR;

Enfin vos vœux & les nostres font satisfaits ; un Prince éclairé, juste, reconnoissant, touché du soin que vous avez pris de cultiver son enfance, vous proposoit pour éleve à l'Academie, & plein des idées de la vraye gloire, il regardoit le titre d'Academicien comme la plus honorable distinction, qui pût récompenser la fidelité de vostre attachement, & l'importance de vos services.

Pouvions-nous ne pas accepter un gage si précieux de son estime & de sa bienveillance ? non, MONSIEUR, ç'eût esté trahir nos propres interests. Vous aviez si j'ose le dire une espece de droit acquis & legitime sur la place que vous occupez. Depuis l'heureux jour où le grand Cardinal de Richelieu fonda cette Compagnie, elle s'est fait un honneur (j'adjouterois presque) un devoir, d'associer à ses travaux Academiques ces hommes choisis & distinguez, qui ont

C

travaillé pour l'Eſtat, en formant des Princes
ſoigneux de faire fleurir les Arts & les Lettres,
& capables de remplir les devoirs de leur naiſſance.

Dans la triſteſſe & la déſolation que nous
cauſe la perte de ſix Academiciens, enlevez en
moins d'un an ; la joye de vous recevoir, la préſence des Auguſtes Perſonnes * qui honorent
voſtre réception , ſuſpendent & adouciſſent
noſtre douleur ; mais qui peut tarir la ſource
de nos larmes ?

* Leurs Alteſſes Sereniſſimes Monſeigneur le Prince de Con-ty, Madame la Princeſſe de Conty , Made-moiſelle de la Roche-ſur-Yon.

Nous regretterons à jamais le pieux, le ſçavant, l'illuſtre Confrere à qui vous ſuccedez.
Rien n'affoiblira parmy nous la vive impreſſion
de ſes vertus.

Qu'on en nomme une qui ne fut pas la ſienne :
la candeur, la droiture, l'affabilité, la douceur,
l'exacte probité, firent pour ainſi parler le fond
de ſon eſtre ; & s'il eſt permis d'adopter icy la
penſée d'un Auteur prophane , cet homme
ſimple & modeſte ſembloit moins l'image de la
Vertu , que la Vertu meſme.

La nature luy prodigua les talents de l'eſprit,
l'eſtude luy acquit les richeſſes du ſçavoir. Un
jugement ſolide, ſe trouvoit joint en luy à une
penetration profonde. Un gouſt exquis en tout
genre de litterature, avec une memoire vaſte,
& fidelle. Un genie facile, & une ardeur infatigable pour le travail. Elle le ſuivit juſqu'entre

les bras de la mort. Oüy, MESSIEURS, nous l'avons vû ce venerable Vieillard accablé sous le poids des ans & des infirmités, traisner icy presque mourant les débris d'un corps usé par les veilles, y venir nous communiquer ses lumieres, profiter des nostres, & ce qui est encore plus rare dans un homme sçavant, nous l'avons vû sousmettre avec docilité ses décisions, au jugement de ceux-mesmes qui respectoient les siennes.

Adjoutez aux dons de la nature ceux de la grace. Une pieté sincere & éclairée, une soif ardente & infatiable de la verité, une charité sans bornes. Une fidelité scrupuleuse à s'acquitter de tous ses devoirs. Le mespris des honneurs, le détachement des biens perissables. L'amour de la retraite au milieu des pompes de la Cour, & pour comble de perfection, une vie pure, exemplaire, irréprochable.

Ses premieres inclinations le porterent à l'estude des Loix, & aux penibles exercices du Barreau; mais Dieu l'appelloit à des fonctions plus relevées. Il estoit né pour instruire les Grands.

Les premices de ses soins furent consacrées à l'éducation de Messeigneurs les Princes de Conty. A ce nom quelles nobles? quelles magnifiques idées se reveillent dans nos esprits? Germanicus l'objet passager de la tendresse des

C ij

Romains, Titus les delices de l'Univers, reparoiſſent à nos yeux dans la perſonne de ces deux Princes.

Ils furent élevez à l'ombre du Troſne, ſous les regards de LOUIS LE GRAND. Ce juſte eſtimateur du merite qui ſçavoit ſi bien le mettre en œuvre, & proportionner les emplois aux talens, ſur la foy de ſes propres yeux, jugea M. l'Abbé Fleury digne d'eſtre admis à la gloire de former encore deux jeunes Heros. L'un réſervé par le Ciel, pour porter ſur le Troſne d'Eſpagne les vertus des Rois de France ; l'autre qui ne fut monſtré à la France, que pour exciter ſes regrets, mais qui renaiſſant dans ſon Auguſte poſterité, devoit relever les ruines de la famille Royalle, & devenir la reſſource de nos eſperances.

Que manquoit-il à la gloire de M. l'Abbé Fleury? Ses leçons, ſes exemples plus forts, plus perſuaſifs que les leçons, l'avoient rendu pour ainſi dire le pere des Princes & des Rois. Mais la Providence le deſtinoit à quelque choſe de plus grand encore. A poſer les fondemens de la felicité publique, en aidant à former un Roy ſelon le cœur de Dieu. A ſeconder par ſes avis ſalutaires, le zele & les ſuccès des Grands Hommes, qui ſurveilloient à l'éducation Royale. A regler par les Loix auſteres de la conſcience, des inclinations naiſſantes, qui dans leurs progrès, &

dans leur force appuyées de tout le pouvoir de la Royauté , doivent décider du bonheur des peuples, & du falut de celuy qui les gouverne. A graver de plus en plus dans le cœur tendre & docile du jeune Monarque ; la crainte du Roy des Rois , & l'amour de fes Sujets. C'eft par là que l'homme de Dieu couronne fes travaux, & remplit fes glorieufes deftinées.

Tant d'Emplois fi nobles , fi importans, ne le détournerent jamais de la Loy qu'il s'eftoit prefcrite d'eftre utile au public , & de faire fervir la fcience à la religion. On voyoit partir de fes fçavantes mains des Efcrits pleins de l'onction celefte, & dignes de la plume des premiers Peres de l'Eglife.

Qui peut loüer affez dignement fon Hiftoire Ecclefiaftique ? Ouvrage immortel, où la pofterité ne trouvera d'autre deffaut, que celuy de n'avoir pas efté conduit jufqu'à la fin. Tiffu merveilleux de narrations fimples, naïves, mais intereffantes. La doctrine s'y trouve fi habilement liée , & comme enchaifnée avec les évenemens, que l'inftruction s'infinue fous l'appas de la curiofité , & que le cœur fe fent touché du defir de voir le reftabliffement de la difcipline & des mœurs, en mefme temps que l'efprit eft eftonné du prodigieux nombre d'erreurs qu'il enfante.

Qu'il me foit permis MESSIEURS d'ex-

poser à l'Assemblée une réflexion que la con-
jonçture me fait naiftre. Elle eft trop avanta-
geufe à l'Académie pour la paffer fous filence.
Cinq Auteurs Grecs d'un rare fçavoir, ont pris
foin dans les premiers Siecles de tranfmettre
aux Siecles fuivans les faftes de la primitive
Eglife, & fans eux la foy, la conftance, la ferveur des premiers Chreftiens demeuroient en-
fevelies dans l'oubly. De nos jours trois celebres
Efcrivains François, animez du mefme efprit,
ont recüeilly les reftes précieux de l'Antiquité
Sacrée, & tous trois fortent du fein de cette
fameufe Efcole. Tellement que par la fublimité
de fes vûës, par la noble émulation de fes en-
fans; elle embraffe dans la vafte eftenduë de fes
travaux, les deux plus grands objets qui puiffent
occuper l'efprit humain; les Exploits, les Conqueftes, les Victoires, les Vertus des Rois fes
protecteurs qu'elle celebre en toutes occafrons:
les Combats, les Triomphes, les Oracles de
l'Eglife, la Mere commune des Fideles, dont
elle garantit les Annales, des outrages du temps.

Pour vous, Monsieur, fi jufqu'icy renfermé
dans vos devoirs, fans fafte, fans ambition;
fans empreffement pour la fortune; vous avez
cultivé les Mufes dans le fecret & le filence;
& negligé de vous faire un nom éclatant dans
la République des Lettres; recevez aujourd'huy
la récompenfe de voftre modeftie, & accouftu

mez vos yeux à l'éclat qui fe répand fur vous.
Il eft une obfcurité volontaire & refpectable,
qui rehauffe le prix de la vertu, & qui luy donne
un nouveau luftre. C'eft eftre au deffus de la
gloire, que de fçavoir la mefprifer. Mais la gloire
fe plaift quelquefois à chercher ceux qui la
fuyent, à vaincre la pudeur & la timidité du
vray merite. La fonction que j'exerce icy, m'ob-
lige de dévoiler le voftre, & d'expofer au Public les tréfors que vous luy cachez.

Pour peu que vous vous preftiez au com-
merce de la Societé : on découvre bientoft une
eftenduë, une plenitude de connoiffances utiles,
agréables, & tellement diverfifiées, que l'on
trouve tousjours en vous l'agrément de la nou-
veauté.

La Fable, l'Hiftoire, les Orateurs, les Poëtes
font rangez dans voftre memoire avec tant de
netteté, d'ordre, de précifion, que vos con-
verfations peuvent tenir lieu de lecture.

Les Langues mortes & vivantes, vous font
connuës, vous font familieres.

Les Memoires de ce fameux Guerrier *, que * Montecuculli.
l'Empire confterné, oppofa vainement à la
France pour contre-balancer la valeur & la pru-
dence des Condés & des Turennes ; ces Memoires, dis-je, ont reçû comme un nouveau
jour par celuy que vous leur avez donné dans
noftre Langue ; & malgré la précaution que

vous avez prife de fupprimer voftre nom , ils le porteront aux Siecles à venir, avec celuy de ce grand Capitaine.

Mais ce qui releve infiniment ces qualitez naturelles & aquifes, c'eft le rapport, la conformité qui fe trouve entre M. l'Abbé Fleury & vous, mefme fincerité, mefme droiture , mefme defintereffement , mefme probité, & dans des profeffions differentes , mefme régularité , mefmes mœurs ; en forte que la nature , ou pluftoft la Providence, fembloit nous defigner en vous, celuy qu'il falloit choifir pour le remplacer dignement ; & que vous ne fuccedez à une partie de fes fonctions, qu'après vous eftre approprié la plufpart de fes vertus.

Avec un fi rare affemblage de talens & de perfections, pouviez-vous préfumer, MONSIEUR, que vous feriez tousjours le maiftre de vous dérober au grand jour,& l'honneur d'avoir fi heureufement conduit les eftudes d'un Prince du Sang, n'eftoit il pas un préfage affuré , que la gloire de voftre éleve rejailliroit enfin fur vous. Joüiffez, MONSIEUR, du plaifir de l'avoir mis en eftat d'inftruire & d'éclairer les autres. Gouftez la joye fecrette qu'on lit dans vos yeux, lorfque vous voyez chaque jour briller en luy ces traits de lumiere, qui partent d'un efprit vif, aifé, penetrant , élevé, agréable.

Faut-il que je fois obligé de facrifier à fa
modeftie

modeſtie tout ce que mon cœur m'inſpire ſur ſon ſujet, ſa préſence me retient. Mais l'amour de la juſtice, le zele du bien public, le dévoüement au Roy, & à la Patrie; ſont des loüanges qu'on ne ſauroit luy refuſer, qu'il ne peut refuſer luy-meſme, & ſeules elles ſuffiſent pour accomplir ſon Eloge.

Ce Prince qui connoiſt par luy-meſme l'utilité de vos inſtructions, dépoſe ce qu'il a de plus cher entre vos mains. Il vous confie ſes eſperances; ſûr d'une capacité déja éprouvée. Il attend de vous les premiers ſuccès du deſſein qu'il ſe propoſe, de faire paſſer dans l'heritier de ſa grandeur tout le ſçavoir, toute la vertu, & tout le heroïſme de ſes anceſtres.

Que ce deſſein ſi grand, ſi digne de luy, ſi utile à l'Eſtat, & qui roule en partie ſur vos ſoins, ne vous faſſe point oublier nos intereſts particuliers. Il eſt de voſtre fidelité, il eſt de voſtre reconnoiſſance, de faire renaiſtre dans voſtre nouveau diſciple les ſentimens d'eſtime & d'affection, que l'Oncle, & l'Ayeul eurent pour cette Compagnie. Elle oſe ſe vanter de n'avoir pas eſté tout-à-fait inutile à leur gloire. Ces lieux ont retenty du bruit de leur renommée, & des prodiges de leur intrepide courage.

Gran, Neuhauſel, Steinquerque, Nervinde, y ont eſté celebrez plus d'une fois. Après donc que vous aurez mis devant les

yeux du Heros naiffant ces exemples domefti-
ques, qui doivent l'animer fi puiffamment à la
vertu. Apprenez luy que la protection dont le
Roy nous honore, eft un titre qui doit nous
affurer celle des Princes du Sang Royal; qu'ils
fe font empreffez à l'envy de nous indiquer des
fujets, qui puffent fouftenir la réputation de
l'Academie.

Qu'il fçache par vous, MONSIEUR, que nous
avons porté noftre ambition jufqu'à fouhaiter
que le Prince qui luy a donné la naiffance, mît le
comble à fes faveurs, en fe donnant luy-mefme
à nous. Eh pluft au Ciel que la déference que
nous avons marquée pour fes défirs, fut un at-
trait affez puiffant, pour l'engager à fouffrir, à
defirer mefme, que la pofterité voye fon nom
meflé avec les noftres. Il entend nos vœux, &
pour un cœur avide & capable de toute forte
de gloire, quel motif plus preffant que ces vœux
mefmes.

www.ingramcontent.com/pod-product-compliance
Lightning Source LLC
Chambersburg PA
CBHW061630180626
46818CB00005B/2314